FANTAISIE EN PHOTOS

Première neige

Carl R. Sams II et Jean Stoick
Texte français d'Hélène Pilotto

Remerciements

$\mathcal{N}$ous tenons à remercier notre loyale équipe : Karen McDiarmid, Becky Ferguson, Ryan Ferguson, Bruce Montagne, Tom et Margaret Parmenter, Mark et Deb Halsey, Nancy Higgins et Kirt Manecke pour avoir participé à la création de ce livre; Carol Henson pour l'édition; Laura, Rob et Diane Sams pour leurs suggestions imaginatives ainsi que Hugh McDiarmid, Mark et Janelle Larson, Jennifer, Rachel et Lauren Ferguson pour leurs commentaires et leurs idées.

Un merci particulier à Heiner et Diane Hertling pour leur contribution artistique; à Greg Dunn de Digital Imagery pour son expertise des couleurs; à Danny, Sue et Nancy Boyd pour leur soutien.

Catalogage avant publication de Bibliothèque
et Archives Canada

Sams, Carl R.
Première neige : fantaisie en photos /
Carl R. Sams et Jean Stoick ;
texte français d'Hélène Pilotto.

Traduction de: First snow in the woods.
ISBN 978-0-545-98814-8

1. Faune forestière--Romans, nouvelles, etc. pour la jeunesse.
2. Faune forestière--Ouvrages illustrés.
I. Stoick, Jean II. Pilotto, Hélène III. Titre.
PZ26.3.S295Pr 2008   j813'.54   C2008-903236-5

Édition publiée par les Éditions Scholastic, 604, rue King Ouest, Toronto (Ontario) M5V 1E1, avec la permission de Carl R. Sams II Photography, 361 Whispering Pines, Milford, MI 48380, É.-U.

5 4 3 2 1   Imprimé au Canada   08 09 10 11 12

Direction artistique : Karen McDiarmid

À tous ceux qui veillent à la protection des lieux sauvages et qui aiment la nature.

Une aurore boréale faiblit dans le ciel
d'une fraîche nuit d'automne.
Déjà, elle n'est
plus qu'une lueur
lointaine et vacillante.

La chouette,
qui connaît
ce spectacle par cœur,
sent pourtant
que quelque chose
est différent.

Elle sait
qu'elle doit amorcer
un long voyage
vers le sud.

Loin de là, le brouillard matinal
se glisse dans le pré où broute
une famille de chevreuils.
La rosée fait scintiller les toiles fragiles.

Une brise légère traverse la clairière
en murmurant :
« Savez-vous ce qui se passe? »

Une araignée
tisse sa toile
et transforme une mouche
en un repas délicieux.

Dans le même pré,
une chenille laineuse avance
sur une tige de fougère,
petit à petit, puis sur une autre tige...
tout en mâchant et en mâchouillant,
comme le font toutes les chenilles.

Une libellule
attend patiemment
que ses ailes sèchent.

Elle est née
en plein cœur de l'été...
c'est-à-dire il y a une éternité
pour une libellule.

Quand la prochaine saison
commencera-t-elle?

Quand les libellules ne pourront plus voler.

Un tamia tapageur
déchire le silence de la clairière.

– Tu n'as pas fière allure, dis donc!
lance-t-il au faon
tout en grignotant
une minuscule baie rouge.

– Tes taches
disparaissent
et ton pelage est clairsemé.

Tu ferais mieux de commencer
à cacher des glands! le prévient-il

« Pourquoi devrais-je
cacher des glands?
s'interroge le faon.

On en trouve partout. »

À la fin de l'été,
les plantes au nectar sucré
ne fleurissent plus.

Bientôt, le monarque partira
à la poursuite d'un souvenir lointain.

Il suivra son instinct et,
porté par ses ailes fragiles,
il franchira les milliers de kilomètres
qui le séparent d'un jardin tropical

Le même appel
de la verdure résonne
dans la tête du colibri...

le doux souvenir
d'un endroit, loin d'ici.

C'est décidé,
le minuscule voyageur quittera
le pré ce matin même.

C'est la période de l'année où tout change.

Le matin, la rosée s'accroche
aux toiles d'araignée
qui couvrent les champs dorés.
Déjà,
plusieurs oiseaux
se sont envolés
vers des lieux lointains,
emportant leurs chants avec eux.

À l'orée du bois,
un petit écureuil
jacasse.

— Êtes-vous au courant?
demande l'écureuil roux.
La chouette lapone
est descendue du Grand Nord.
Elle ne reste ici
que durant les
hivers les plus rudes.

L'écureuil s'empare
de deux glands à la fois
en prévision du
mauvais temps.
Il sent le vent
soulever sa fourrure.

— La première neige
s'en vient...
et plus tôt que d'habitude!

Une marmotte s'extirpe
de sa tanière
en clignant des yeux.

— Je ne vous le dirai pas deux fois,
grommelle
la vieille grincheuse.

Hibernez!

Hibernez!

HI-BER-NEZ!

Le soleil fait fondre le givre,
chasse le brouillard du pré
et réchauffe les zones ombragées.

– Entends-tu?
demande maman biche,
immobile et aux aguets.

– Ça y est!

Le givre a rendu silencieuses les ailes des libellules.

– La nouvelle saison
   est commencée,
      brame-t-elle doucement.

Une à une,
les feuilles verdoyantes
se teintent d'écarlates
et de dorés.

La tortue peinte
    grimpe sur un rocher
        pour se réchauffer
    sous les rayons pâles du soleil.

        – Bientôt, je m'enfouirai
            dans la boue épaisse
        et j'y dormirai
            jusqu'au printemps.
    C'est ce que font les tortues.

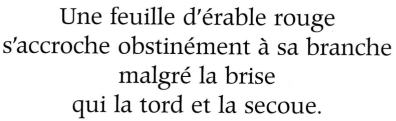

Une feuille d'érable rouge
s'accroche obstinément à sa branche
malgré la brise
qui la tord et la secoue.

— Lâche prise,
lui souffle la brise.

Alors la feuille
se détache de l'arbre
sans un bruit,
flotte dans l'air,
virevolte et tourbillonne
vers le sol.

Le faon l'observe
avec attention.

– Pourquoi les feuilles tombent-elles?
Pourquoi mon pelage change-t-il?
Pourquoi tant d'oiseaux
sont-ils partis?
demande le faon.

– Parce que tout change,
répond maman biche
d'une voix douce.

Toutes les créatures
doivent se préparer
à suivre
leur instinct.

Le faon ne se sent pas prêt du tout.
A-t-il seulement
un instinct?

Pour l'instant,
alors que le soir assombrit lentement les bois,
il se sent en sécurité
auprès de sa mère.

Chaque nuit vole
un peu plus de lumière
au jour et retient un peu plus
longtemps
le soleil du matin.

Des oies sauvages
traversent le ciel
en poussant un cri
pour annoncer
le changement de saison.

Le raton laveur risque un œil
hors de son nid douillet.
Il prête l'oreille aux bruits
du matin et hume l'air frais.

Au clair de lune,
il a cherché
des grenouilles et des écrevisses
au bord de l'étang boueux.

Au lever du jour, il a soulevé
des morceaux d'écorce pourrie
pour y dénicher
des vers dodus et des insectes grouillants.

Son instinct lui chantonne
un air familier.

— Le sens-tu approcher?
Il arrive.

– Bonjour!
Bonjour!
lancent deux souris
en sortant la tête des feuilles.

C'est pour aujourd'hui!
C'est pour aujourd'hui!
clament-elles en chœur.

– C'est pour aujourd'hui?
répète le faon en
soufflant des nuages de buée dans l'air glacial.
Je… je ne comprends pas.

– C'est vrai!
      C'est vrai!
         Je l'ai entendu, moi aussi!
   La chouette lapone est en route.
            Elle arrive tout droit du Grand Nord,
                crie la petite mésange.

            Êtes-vous prêts, cui-cui?

— Prêts?
Prêts pour quoi?
demande le faon
pendant que maman
biche continue à
mâchonner des glands.

De sa patte blanche,
  le lièvre maintient son équilibre
    pendant qu'il mâchouille
      les aiguilles tendres d'un petit arbre.

Bientôt, c'est toute sa fourrure
  qui sera blanche.

C'est bien commode
  le blanc, en hiver.

Soudain,
  une ombre
  survole le lièvre.

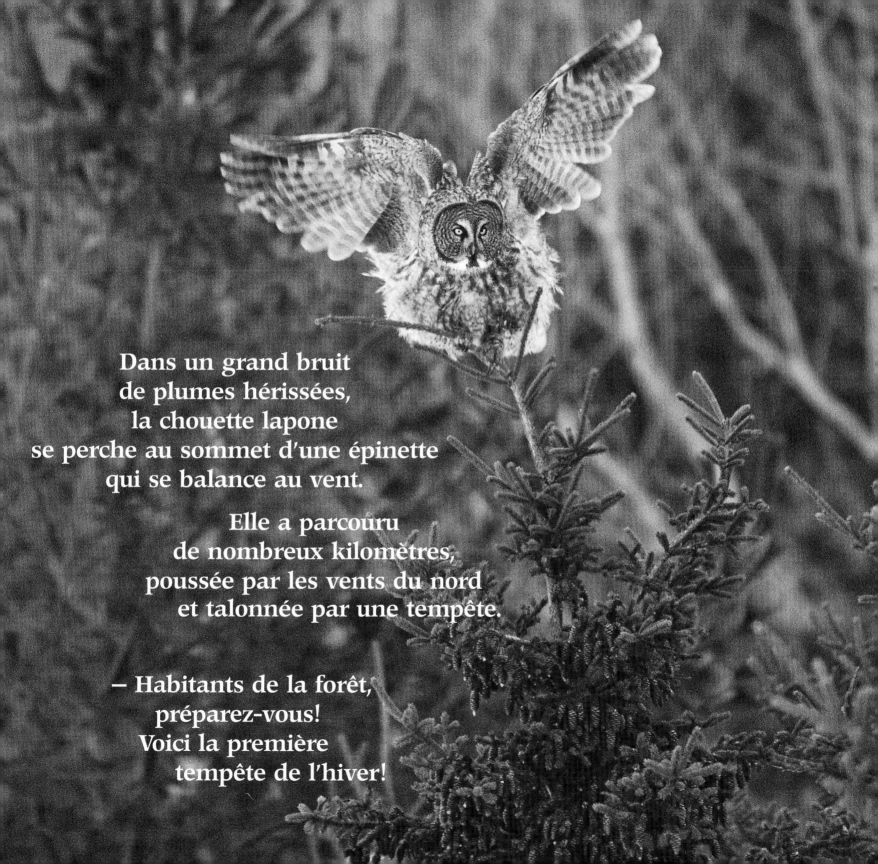

Dans un grand bruit
de plumes hérissées,
la chouette lapone
se perche au sommet d'une épinette
qui se balance au vent.

Elle a parcouru
de nombreux kilomètres,
poussée par les vents du nord
et talonnée par une tempête.

— Habitants de la forêt,
préparez-vous!
Voici la première
tempête de l'hiver!

– Mais… Je ne suis pas prêt,
proteste le faon,
seul dans son coin.

Les flocons de neige
tombent du ciel
et couvrent la clairière.

« Que se passe-t-il?
Pourquoi tout ne reste-t-il
pas comme avant? »

Le vent se refroidit
et la
neige tombe
plus dru.

Le faon secoue ses oreilles
pour les débarrasser
de la neige humide.

– Je n'aime pas ça.

Le merle est bien
de son avis.

Il regrette de ne pas
être parti plus tôt,
en laissant
les baies sucrées
derrière lui.

– Hé!
Où est ta maison?
s'étonne un tamia affolé.

Ne sais-tu pas
qu'il te faut un trou?
Viens par ici.
Je vais t'aider à le creuser.
Je vais le faire très gros!

– Un trou dans le sol?
  s'interroge le faon
      en secouant la tête.

Où donc est ma maison?
   Où devrais-je aller?
      Je ne suis pas prêt.

— *Tu es prêt,*
murmure maman biche
en apparaissant
au milieu de la tempête.

Tu es prêt
pour la première neige
de l'hiver.
Viens…
suis-moi.
Avec le reste de notre famille,
nous allons marcher
jusqu'au marais près des cèdres.

Là, nous trouverons
de quoi nous nourrir
et nous abriter
des vents froids
de l'hiver.

Du haut de son perchoir,
la chouette lapone observe
la petite famille de chevreuils
qui se met en route.
Ils vont marcher…

marcher…

jusqu'aux terres plus basses,
là où les cèdres
sont bien fournis.

Toute la nuit, les vents sifflent.
Toute la nuit,
la neige tombe et tourbillonne
en gros flocons blancs.

Puis…

c'est le silence.

À son réveil, le faon est entouré
d'une épaisse couche de neige.
Sa blancheur l'aveugle.

— Bien joué!
Tu vois que *tu étais prêt!*
Tu es presque aussi dodu que moi,
lance l'écureuil fauve.
Ton pelage d'hiver bien épais
te gardera au sec et au chaud.

Le faon jette
un coup d'œil aux alentours.
Il perçoit les cris familiers
des oiseaux d'hiver…
les mésanges,
les cardinaux,
les geais bleus.

Il écoute la neige
qui tombe doucement
tandis que le calme
l'envahit.

À présent, il sait qu'il est prêt.

Il a trouvé sa maison d'hiver.

Son instinct
ne l'a pas abandonné
après tout.